パンデミックの夜明け

幸田英和
KODA Hidekazu

文芸社

パンデミックの夜明け　◆目次

未来スケッチ　パンデミックの夜明け

能面たまご　琥珀《こはく》

本文イラスト　彩桜（Ａｓａ）

未来スケッチ

パンデミックの夜明け

座敷童子《ざしきわらし》　あるよ

さくら病院の医師、遠山伊吹と看護師の大岡悦子は、以前、妖次元《ようじげん》の世界で回復和尚と修行して病魔退治の認定者となった。

そして、賞賛《しょうさん》として、「未来スケッチ」を譲り受けた。

小児病棟にいる飛鳥《あすか》翔太《しょうた》（十二歳）は、一か月後に腎臓移植手術を控えている。

腎臓適合者は、母親の綾香《あやか》。

現状では、人工透析《じんこうとうせき》か腎臓移植でしか病気の進行を防げない。

母親の綾香は、一生、人工透析治療を繰り返すより、自分の腎臓の片方を息子翔太に提供することを望んだ。

翔太は、三歳で腎臓病を発症。ネフローゼ症候群[一]で三度入退院を繰り返し、今は四度目の入院中なのだ。

検査は毎日。食事療法では塩分を控えているし、味覚障害もあって味は全くない。ホルモン剤の副作用でものすごく体重が増えたせいで背骨を痛めた。椎間板《ついかんばん》ヘルニアも併発《へいはつ》し、立って歩けないので日常は車椅子で生活している。

一　ネフローゼ症候群とは、腎臓が機能不全を起こし、たんぱく質が尿中に漏出する疾患。血液中のたんぱく質が低下し、全身の浮腫や低アルブミン血症などの症状を引き起こす。

小児病棟は四人部屋。

糖尿病[二]で治療中の加藤満《みつる》くんは、いたずら好きの男の子で、いつも面白いことを考えている。

巨人症[三]で治療中の、馬場《ばば》武《たけし》くん。窓辺で『枯れ葉よ〜枯れ葉よ〜』と、いつも歌って

二　糖尿病には2型糖尿病と1型糖尿病がある。1型糖尿病は、免疫系の攻撃膵臓のβ細胞が壊れ、インスリンを分泌できなくなるため、インスリンの注射が必要。2型糖尿病は、インスリンは分泌されるものの、細胞がインスリンに反応しなくなり「インスリン抵抗性」に陥った状態。2型糖尿病は生活習慣病で、近年、子供の患者が増えている。

三　「下垂体性成長ホルモン分泌亢進症」（通称巨人症）は、成長ホルモンの過剰分泌によって引き起こされる疾患で、身長や手足、顔の骨格が過剰に発達する病気。遺伝的な要素も関与するとされている。成長ホルモンの過剰分泌を抑える治療などを行う。

いる。
小児喘息《ぜんそく》四で治療中の、山田幸子ちゃん、人と話すのが苦手らしい。いつも一人で本を読んでいる。
みんな、早く良くなって退院したいと思っている。

*

今は夜中の零時、ここは、さくら病院小児病棟五階。

四　小児が発症する気管支喘息を「小児喘息」という。気管支喘息は、風邪を引くなど、様々な刺激によって空気の通り道である気道が長い期間炎症を繰り返すことで気道が狭くなり、呼吸時に「ゼーゼー、ヒューヒュー」といった音が聞こえる喘鳴《ぜんめい》や呼吸困難などの発作が生じる病気。

他の子供はすでに寝ているけれど、僕はなかなか眠れない。
一時間前に、僕の横のベッドで寝ている満くんが、発作を起こした。
異常を察知して緊急ベルを押し、看護師の大岡さんを呼んだ。
大岡さんは、満君の口の中にタオルを入れ、舌を噛むのを防いだ。
満くんは、インスリンの量によっててんかん発作を起こすことがあるのだ。
隣のベッドの僕は、緊急ベルを押して、それを知らせる役目になっている。
間もなく満くんの発作が治まった。
「翔太くん、いつもありがとうね」
と言って、大岡さんは、にっこり笑った。

窓から向かいの病棟の一階の部屋が見える。

青白い光を映すカーテンに、不気味な大きな影が動く。そのたびにカーテンが赤く光る。

（とても気味が悪い）

僕は普段、入院中の気晴らしに、担当医の遠山先生からもらった「未来スケッチ」に座《ざ》敷童子《しきわらし》や天狗《てんぐ》、河童《かっぱ》、化け猫の妖怪を描いている。

その時、病室の中に入ってくる小動物が見えた。身体は灰色で目が緑、鋭い尻尾が二本、まさしく化け猫！

馬場武くんの上で、生気を吸い取っている。妖怪って、本当にいるんだ！

すると、ベッドに置いてあった「未来スケッチ」がピカッと光った。

スケッチブックが勝手にパラパラとめくれて、中からオカッパ頭に丸メガネの女の子が現れた。そして、

「ワルサ、きたよ」

と話しかけてきた。

僕はその子が座敷童子だと、すぐにわかった。

＊

「見つけた！　やっと、見つけた！」

座敷童子は嬉しそうに翔太を指さした。

「えっ、僕のこと？」

「そう、探していたの……少しだけ待ってね」

座敷童子は、袋から出した白い粉を、「お清め」と言って、ワルサと呼んだ化け猫に向けて投げつけた。

化け猫は苦しそうに転げまわり、病室から飛び出ていった。

「これで大丈夫、ワルサ出ていったよ、安心して。翔太くんに会えて嬉しい！　私は、あるよ。翔太くんと病魔を倒しに行くの。その『未来スケッチ』は、妖次元の扉なの。一緒に来てね、きっといいことあるよ」

あるよはそう言って　にっこり笑った。

元気寺の回復和尚

翔太には、ベッドに寝ている自分が見えた。

「そう、翔太くんは魂が身体から抜け出たの。これから旅に出るのよ！　魂を鍛える修行の旅にね」

翔太の身体から抜け出した魂は、あるよと一緒に「未来スケッチ」に入っていった。

（目の前に、白いふわふわの道がある……）

ここは妖次元に続く道、絹の道シルクロード。

あるよと一緒に絹の道を進む途中に、背中に羽の生えた女の子がいた。

まるでダンスを踊るようにして、絹の道を編み上げている。

「私は、絹の道の案内人の妖精シルクです。妖次元の元気寺まで案内します。さぁ、この羽を背中につけて！」

翔太とあるよは背中に羽をつけて絹の道を滑るように飛んでいった。

目もくらむ光の輪の中を通り抜けて、元気寺に着いた。

そこには、布袋《ほてい》様のようなお腹をした回復和尚が、愛くるしい黄色の猫と一緒に、翔太たちを待っていた。

翔太は心配になって、回復和尚に聞いてみた。

「元の世界に戻ることはできるの？」

「大丈夫！　ここは、翔太くんが病魔を倒すための修行の場じゃ。今いるのは翔太くんの魂だけ。身体を見てごらん？　太ってないし、車椅子なしでも歩けるじゃろう」

和尚は続けた。

「それに、ここでは何を食べてもよいぞ！　あるよが料理をつくるから、お腹いっぱい食べていくがよい！　腹がへっては、戦《いくさ》はできんじゃろう。

それに、ここでの一か月は、元の世界の午前零時から二十五時の一時間だけなのじゃ。

ここの二十五時は、午前一時ではない。現世には存在しない幻想時間なんじゃ」

回復和尚に寺を案内され、二人はお堂の中に連れていかれた。

大きな鳥の像が置かれている。

「胸に五つの丸い穴。そこには赤色の火玉、緑色の風玉、青色の水玉、黄色の雷玉、茶色の土玉の『心魂玉《しんこんだま》』が埋め込んであったのじゃ。

年に一度の八百万《やおよろず》の神の会合があって出かけた隙にじゃ、結界《けっかい》を破り虎狼狸《ころうり》の手下、五《ご》妖怪《ようかい》が奪っていったのじゃ」

回復和尚が巻物を翔太に渡す。

巻物には、「起動呪文《きどうじゅもん》、『わこれとところもにみらういりにむりけてうろとろびたこて』解読して魔を取り払い念じよ、されば、われは復活する。」

と、書かれてあった。

「火・風・水・雷・土の、心魂玉を取り戻し、起動呪文を解読するのじゃ。そして、眠っている不死鳥フェニックスを蘇らせるのじゃ。虎狼狸を退治するには、それしかない！」

和尚はあるよの目をしっかり見て、言った。

「さあ、あるよ、猫のナーニと共に心魂玉を取り返す旅に出るのじゃ。準備はできたか！」

あるよが、翔太にそっと、なんきん袋を渡し、言った。

「困ったときには必ず役に立つから、この袋を肌身離さず持っていて。それまでは決して開けないでね！」

翔太は袋の中身のことは尋ねなかった。ただ、影絵の作り方だけは、あるよに教えられた。

猫のナーニが、翔太の足元にじゃれついてきた。すると、ビリビリ電気が走り、翔太の足はしびれてしまった。

「大丈夫？　ごめんにゃ」

「えっ？　猫がしゃべった！」

「そうよ。ナーニは、人としゃべる、とっても賢い猫なの。いつも、わからないことは、『なあに教えて』と聞いてくるのよ」

翔太は感心してナーニを見つめた。

「未来とは何か、未来に不安がることはないのじゃ。
未来は、今の自分が創るものじゃぞ！
すでに、決まっているものではないのじゃ。
さあ、勇気を出して進むのじゃ！」

ようかい？　コラム

座敷童子（ざしきどうし／ざしきわらし）とは、日本の民間伝承に登場する小さな妖精のような存在で、人の家に居座るとされています。主に客間や座敷に現れ、家の主人に仕えたり、時には悪戯《いたずら》をするといわれています。赤い顔が特徴で、着物を着ているとされます。

電光の谷　ナーニの故郷

＊

あるよは、本当に料理上手。元気村で食べた料理は忘れられない味だ。
風呂敷にお鍋とおしゃも（しゃもじ）、包丁そして食材（お米や味噌など）を包んで背負って持っているので、あるよの料理が旅の途中でも食べられる。

僕もナーニも、美味しい料理を楽しみにしているんだ。

＊

翔太たちは、西に向かっていた。

そこには、電光の谷と呼ばれる大きな谷があるらしい。

「電光の谷は、ナーニの生まれ故郷なんだよ」

ナーニは、電光の谷に近づくにつれて身体が震え、表情がどんどん暗くなっていく。

「どうしたの？　様子がおかしいよ」

「ここが嫌いにゃの……。双子の兄さんがいて、とても仲の良い兄弟だったのにゃ……。

でも、ある嵐の日に、私と兄さんは谷から落ちて流されていったのにゃ。

太い木の枝に、必死でつかまっていたにゃ。でも、何か岩のようなものに衝突して、岸にほうりだされたにゃ。

そこを運よく通りかかった回復和尚に、私は助けられたのにゃ。

だけど……兄さんは、そのまま下流まで流されていったにゃ。そして、兄さんは虎狼狸に捕らわれてしまったにゃ。改造され、おぞましいワルサになってしまったにゃ」


谷に着くと、山と山を結ぶ吊り橋が壊されていた。

大昔、巨大な落雷により山が二つに割れ、その間に水が流れ滝ができた。

この滝の裏には、洞穴があるという。

そこには古代の科学実験装置や書物が置いてあり、科学実験室になっている。

そこで、ナーニたち猫又一族は、いろんなことを学んだようだ。


「まず、向こうの山に渡らないと……」

あるよは、赤い毛糸であやとりをして橋を作り、それに妖術をかけた。

赤い糸はするすると太く伸び、向こうの山の杭《くい》に巻きつき、吊り橋になった。

赤い吊り橋を渡って真ん中まで行くと、杭の近くで、ワルサがハサミのような尻尾で吊り橋の縄を切っているのが見えた。

一本の縄が切られてしまい、吊り橋が傾いて、あるよと翔太は谷に落ちそうになる。

「翔太！　なんきん袋を開けて……。影絵で鷲《わし》を作って、かげろうと叫ぶのよ」

この世界では翔太もバランス感覚が良い。傾いた吊り橋の上で影絵の鷲を作り、岩肌に映した。

「えっ！　影が大きな鷲になった……」

「さあ、乗って……」

あるよと翔太を乗せ、影鷲は上空を舞う。

ロープを伝い、いち早く向こうの山に着いたナーニは、ワルサに飛びかかった！

「兄さん、やめてにゃ！　私よ！　ナーニ！」

ワルサのナイフのような爪が身体に刺さり、ドリルの牙《きば》が喉元を噛む。

苦痛の鳴き声を上げながら振り払おうとするナーニ。

「かげろう！　雨雲を引き寄せるんだ！　上空を、舞え！」

あるよが叫ぶと、真っ黒な雨雲が集まり、雨が降りはじめた。

ナーニの二本の尻尾がこすれあい、毛が逆立ち黄金色に輝いた。

「いまだ！　雷を集結させろ！」

ナーニは、電撃をワルサに直撃させた。

電撃を受けて気を失ったワルサの口の中から、黄色の雷の心魂玉が出てきた。

「ワルサの身体に、お清め薬をつけて浄化させるわ」

あるよが白い粉をまくと、ワルサの身体に毛がはえて、ナーニそっくりな猫にみるみる変わっていった。

「ワカルお兄ちゃん、元にもどった。嬉しいにゃ」

いつまでも、二匹の猫はぴったりと寄り添っていた。

科学に興味があった翔太は、しばらく滝の裏の洞窟に滞在し、科学を学ぶことにした。現在の科学より優れた科学が、古代にあったことに驚いて夢中になって学んだ。いつか、人類の役に立つかもしれないと思ったからだ。

かげろうが、あるよに耳打ちする。

「その子、姉ちゃんの探していた最愛の男の子だね」

あるよの顔が少し赤くなる。

「よけいなことは言わないで、なんきん袋に入ってなさい！」

そう、あるよとかげろうは、兄弟なのだ。

ようかい？　コラム

化け猫とは、日本の民間伝承や民話に登場する、猫が人間の形を借りて化けたとされる妖怪の一種です。猫が人間のように話したり、人間の形をとったりして、人々を惑わしたり、悪さをしたりするというものが多く伝えられています。

また、猫が化けて現れることで、さまざまな災害を防ぐという信仰もありました。

妖怪園　志村てん園長

電光の谷をあとにして一山越えると、古びた小道具屋があった。
店の前で、おばあさんが鼻に割箸を突っ込み、顎《あご》を突き出して言った。

「何か、妖怪ぃ〜ん」

不思議な店だ。『なんだって』と看板がある。
「見るだけ、無料だよ〜。
ほしけりゃ買って毛だらけ、猫灰だらけ、隣のじじいは、クソだらけ。
珍品、変品、まがい品、いっぴゃあるでよ〜。ふぉふぉふへぇ……」

おばあさんの入れ歯が落ちた。

「おもしろいばあちゃんだな～」

小さな店だけど、あちらこちらに変わったものが売っている。

「お客さん、ここから先は二方向に分かれているだよ～。一つは、はんにゃのいる風鈴の森、もう一つは、ライジャのいる水晶の湖……。どっちも危険だよ～！　これ、買っていきなよ！　必ず役に立つからよ～」

そういっておばあさんが翔太に手渡したのが、風車と油取り紙。二つで百妖銭。

「高いから三十妖銭にまけなさい！」

「なんだって？　えぇ～なんだって？」

「聞こえんふりするなぁ～！」

「かないまへんな～、よっしゃ、五十妖銭でどや！」

「わかったわ、おまけに携帯ランプもつけてね！」

「出血大サービスやわぁ！　笑《しょう》劇場と妖怪園のチケット二枚もつけたるよ～」

「わぁ、ありがとう！」


不思議な店の裏は牧場になっていて、中に笑劇場がある。

看板に、『たわけ殿ごりっぷく満員御礼《まんいんおんれい》』と、書いてあった。

「出演　たわけ殿…志村てん、お女中…岡江戸久美子」

中に入ると、三十席が、二席残して満席だった。

壇上には、白塗りのたわけ殿と、お女中の岡江戸が座っている。

「おい！　そこの女中、名をなんと申すか？」

「岡江戸と申しまする……」

「歳はいくつじゃ？」

「十八で、ございまする……」

「ジャジャン‼」と音が鳴り、眉間《みけん》にしわを寄せてたわけ殿が立ち上がる。

「どぅ見ても妖怪、砂かけ婆だろう〜！　化粧でシミはかくせても、目尻の小じわはかくせねぇぜ〜」

劇場に笑い声が「ぎゃははは！」と響く。

岡江戸は、持っていたザルからたわけ殿の顔に灰色の粉を投げつけた。

「ぐわぁ、はぁはぁ～へっくしょん　へっくしょん……なんだぁ～これは」

「砂ではなく、コショウでございまする～」

「ぎゃははは！」

劇場には笑い声が響き渡っていた。

その後も二人の絶妙なコントが続き、劇場は爆笑の渦に包まれた！

「うわっっはは！　笑いすぎてお腹が痛い」

あるよと翔太は、笑劇場を出て妖怪園に行った。

サルボボっちのボボちゃんを抱いた志村てん園長が来て、妖怪園を案内してくれた。

牛の顔に馬の身体の、妖牛馬《ようぎゅうば》。

パンダ模様のコアラ、妖コワパンダ。

亀の甲羅、中はウサギ、妖ウサカメダ。

「変わった妖怪動物がたくさんいる！」

「なにか　妖怪ぃ〜ん」

「うわっ！　何……手と足が入れ替わってる⁉」

「あっ、変な、おじさん」

「ぎゃははは！」

「なんだか　ワクワクするね！」

「楽しんでもらえてよかったわいなぁ〜。これから、いろんな試練があるけんど、楽しいこともいっぱいあるからよ〜。とにかく、笑ってろよ〜。だいじょうぶだぁ〜」
志村てん園長は、エールを送ってくれた。

満月の夜、あるよの手鏡が光り、翔太は現世界に戻っていった。
生きる希望に満ちた、元気はつらつの翔太くん。
看護師の悦子さんは「なにかいいことあった?」と言って微笑んだ。

ようかい?　コラム

皆さんお気づきと思いますが、笑劇場のたわけ殿とお女中は、志村けんさんと岡江久美子さんをモデルにしています。お二人とも二〇二〇年に新型コロナにて死去。ご冥福をお祈りいたします。

志村けんさんは、一九五〇年二月二十日、東京・東村山市生まれ。一九七二年に二十二歳で芸能界デビューし、一九七四年にいかりや長介さん、高木ブーさん、仲本工事さん、加藤茶さんがメンバーの「ザ・ドリフターズ」に正式に加入し、「8時だョ！　全員集合」「ドリフ大爆笑」などに出演、国民的人気コメディアンとなりました。七十歳近くなっても「志村けんのバカ殿様」「志村けんのだいじょうぶだぁ」など、数多くのバラエティー番組に出演し、精力的に活動を続けていました。

岡江久美子さんは、一九五六年生まれ。一九七五年にテレビドラマの主演で芸能界デビューすると、女優だけでなく朝の情報番組の司会をこなすなど、マルチな活動を見せていました。

一九八三年には俳優の大和田獏さんと結婚。おしどり夫婦として知られていました。

岡江さんは亡くなった後、遺骨となって夫の大和田獏さんが待つ自宅に無言の帰宅をしましたが、当時は新型コロナの感染予防のため対面での受け渡しができませんでした。玄関先にそっと置かれた遺骨を大和田さんが受け取る映像は新型コロナの残酷さをひしひしと感じさせるものとなりました。

風鈴の森　ガッテングたかと

小道具屋を出て一時間ほど歩くと、道が二方向に分かれていて、看板があった。

「右の道は怖いぞ！　左の道は危ないぞ！
さぁ～さぁ～どっち行く？」

突然、看板が回り始めて右の方向を指した。助けを求める方向に看板が動くようだ。

山を下り森の中に入る。霧の深い森だ。

森の中にあった看板には、風鈴の絵が描いてあった。

ここは風鈴の森、木々には色とりどりの風鈴が掛けられている。

あちらこちらから風鈴の音が鳴り響く。


（しかし……）


今は風もさえぎられ霧がたちこめた邪悪な森と化している。

前から人の気配がして、大勢の人が歩いていることがわかる。

慌てて翔太たちは茂みに隠れた。

人々が通りすぎてほっとしていると　するすると伸びてきた木のつるが、翔太の足に巻きついた。大樹に逆さに吊るされて身動きが取れない。

あるよとナーニの姿が見えない。

「お前は何者だっぱ！　どこから来たっぱ！」

声はするが姿は見えない。

「僕は翔太、元気寺から来た」

「へぇ～　回復和尚の弟子っぱか」

すると、声の主が翔太の前に現れた。

「俺は、『ガッテングたかと』だっぱ。あるよとは、幼なじみだっぱ」

葉っぱのうちわを持ち、赤い顔に短めの鼻をした、子供の天狗だった。

足に巻かれたつるは外された。

「われら天狗一族は、般若《はんにゃ》一族によって顔を奪われたっぱ！　以前は、仲よく暮らしていたんだっぱ。ある日、虎狼狸が現れて、般若一族の長、はんにゃに呪いをかけたっぱ。天狗一族の顔を奪ったっぱ。俺は、はんにゃを倒し、みんなを助けたいっぱ！」

森の中からあるよが現れて、籠にリンゴをつめて差し出した。

「食べてはダメにゃ。そのあるよは、偽物！　それは毒リンゴにゃ」

ナーニは、毛を逆立て、偽あるよを睨みつけた。

「お前ははんにゃだな！　あるよはどこにいるっぱ！」

「ひゃひゃ、風鈴の木に縛り付けてあるひゃ！」

「あるよを、助けるっぱ！」

たかとは手に持った葉っぱのうちわを振りかざし、竜巻を起こした。はんにゃは笛を吹き、呪いの音波で、身の丈三メートルはある夜叉猿《やしゃざる》を操る。

竜巻もはねとばされてしまった。

「奴は、凶暴で力が強いっぱ！　逃げろっぱ！」

翔太とナーニは、木の上に登った。

夜叉猿は木々をなぎ倒し、翔太とナーニの隠れる場所さえも奪おうとしている。

地面に落ちた翔太めがけ、夜叉猿が飛びかかってきた。

「あぶにゃい！　夜叉猿！　くらえ！　電撃にゃ！」

「ピカッビビピカッ」

瞬間、夜叉猿の動きが止まる。

翔太は影絵で竜を作った。

「いでよ！　かげろう！　みんな影竜の背中に乗れよ！　上空に舞い上がれ！」

翔太は、不思議な店で買った風車を、たかとに渡した。

「たかと！　天狗のうちわを風車に向けてあおぎ、竜巻おこせ！」

風車の増強により十倍に巨大化した竜巻が発生した。

「ゴォービュビュビュビュ〜ン」

影竜が舞い、雨雲を呼び寄せた。

「いまだ！　竜巻の中に落雷だ！」

「ゴロゴロ～ビカッカ～ゴォービュビュビュビュ～ン」

竜巻の中を、らせん状の落雷が走る！

すると、カマイタチが発生した！

「ウ～グォ～バキバキ」

悲鳴を上げる夜叉猿。

はんにゃも危険を感じたのか、分身の術を使って翔太たちを幻惑《げんわく》し、本体を分からなくする。

影竜が、何体ものはんにゃを攻撃した。

しかしどれも幻で、次々と消滅してしまった。

「本体は、笛を持ってるはんにゃだっぱ！」

「見つけたぞ！　いまだ！　竜巻落雷《たつまきらくらい》！」

「ウ～グォ～バキバキ」

はんにゃの面が割れた。

浄化されたのか、中から緑色の風の心魂玉が出てきた。
捕らわれていたあるよも解放された。
あるよがはんにゃにお清め薬をふりかけると、虎狼狸の呪いが解けた。
天狗一族の顔も元に戻った。
「助けてくれてありがとう。感謝いたす。
お礼じゃ！　天狗一族に伝わる秘伝のお灸《きゅう》じゃ。持っていきなされ」
それは糖の吸収を抑え、膵臓機能を改善するお灸だった。
「ありがとう、これで満くんも治るといいな」

太陽が森を照らし、風が吹き、森の風鈴が鳴り響く美しい森が蘇る。

たかとは、風のように速く走り高く飛ぶ。まるで忍者のようだ！

翔太は、たかとと一緒に修行した。

＊

病棟に戻ったら、翔太は車椅子なしで歩けるようになっていた。

「たくましくなったね！　翔太くん。それに、満くんもお灸が効いて発作も起こらない。

ありがとう翔太くん」

看護師の大岡さんは、にっこり微笑んだ。

ようかい？　コラム

天狗とは、民俗信仰において、山岳信仰に関連した、鳥面や猿面を持ち、翼を持った、不思議な力を持つとされる妖怪の一種です。また、歴史上の人物をモデルにした天狗伝説もあります。

天狗は、妖怪の中でも知名度が高く、日本の文化や芸術作品などにも登場しています。

般若とは、仏教において、本質を悟り得た智慧、あるいはその智慧を表現する能力を指します。また、密教では、真実を唱えることによって般若の智慧を得るとされています。般若経という経典もあり、一般的には大乗仏教の教えにおいて重要な役割を担っています。

「夜叉猿」とは、日本の伝承や妖怪物語に登場する、猿のような姿をした妖怪。外見上は野猿に似ていますが、人語を解し、鉄砲や刀などの武器を使用することができるといいます。また、霊力や力も非常に強く、人間を襲うこともあり、妖怪の中でも特に恐ろしい存在とされています。

水晶の湖　屁の河童さんぺい

翌晩、翔太は風鈴の森を出て看板地点に戻った。
看板を見ると、この日は左を向いている。
道を進んだ先の看板には、キュウリの絵が描いてあった。
水晶の湖に着いた。湖の周りには、シビレ草がはえている。
草の中には埴輪《はにわ》が何体も置かれていた。
翔太は、ひときわ背の高い埴輪が泣いているようで妙に気になった。

翔太たちは、水晶の湖を渡って先に進むことにした。
湖に浮かぶ丸い石の足場、翔太は慎重に足場を伝い、湖の中心まで進む。
右足を七つ目の足場にかけた瞬間、足場が沈み、身体ごと湖に引き込まれた。
「ゴボゥ……ゴボゥボ……」
（暗い湖の中、僕は泳げないし呼吸もできない。このまま　死んでしまうのか……）
意識がない中、口に何か突っ込まれた。
（あれぇ、呼吸ができるぞ！）

口の中の物はキュウリだった。

（酸素ボンベになっているのか……）

目の前には、頭には皿、背中には甲羅《こうら》、手に水かき、緑の身体の……。

「わあぁ……河童だぁ……！」

「おらは、さんぺい。何があっても、屁の河童っぺ。おめえ、泳げないっぺ？」

さんぺいは、手のかきかたから足の使い方まで丁寧に教えてくれた。

翔太が泳げるようになって岸に上がると……。

「翔太くん、大丈夫なの？」

心配して、あるよとナーニが駆け寄ってきた。

すると、たかととさんぺいが、睨み合っている。

「よぉ、久しぶりだな、エロ河童っぱ」

「おめえこそな、ドジ天狗っぺ」

あるよが怒って呪文を唱える。

「あなたたち、言い争いはやめなさい！　天罰！」

天からタライが落ちてきて二人に直撃した。

その時、湖の水が突然油に変わり悪臭が漂い、中からでっぷり太った半魚人《はんぎょじん》が現れた。ヒゲソリで、わき毛を剃りながら歌いだした。

「いぇ～い！　妖怪界のプリンス！　マッチョの『ギンギマギンにわき毛なく』聞いてくれ！　ゾリッと剃ったら！　スカッと爽快、カイカン！　いぇ～い！」

「おい、さんぺい……あの変態おやじ何だっぱ……」

「半魚人のライジャ、手ごわいおやじだっぺ。虎狼狸に呪われる前は居酒屋『竜宮』の、おやじさんだっぺ」

ライジャが油の湖の中から妖魚ギマの大群を呼び出し、翔太たちを襲わせた。

「あのギマの歯やトゲは毒っぺ。気をつけるっぺ！　刺されるとしびれて動けなくなるっぺよ！」

今度は、さんぺいが、マイクを持って歌いだした。

「妖怪界のプリンスといえば、ドジちゃんだっぺ！」

「一本でも、すっぽん　す〜っぽん　二本でも、すっぽん　す〜っぽん」

「いやぁ〜ん」

すると、お股に葉っぱをつけた、吸い付いたら離さないすっぽんの大群が現れた。

「だけど…あの油の湖では、滑って動きがとれないっぺ……」

さんぺいの言葉を聞いて、翔太は不思議な店で買った、油取り紙を取り出して湖の油を吸い取った。

「よっしゃ！　すっぽんたち、ギマに吸い付き動きを止めるっぺ！

たかと！　おらに向かって、葉っぱのうちわの風でおすっぺ！

新必殺！　屁っ跳び、さんぺい　くらえっぺ！」

さんぺいの尻から膨大なガスと爆発音が響き、さんぺいは超高速で水の上を飛んでいった。そのままライジャの鋼鉄のウロコに体当たり！

「ぐわっぐぉぉ……」

うずくまっているライジャ。

するとさんぺいは、腹の中で凝縮した屁を手でつかみ、

「くらえ！　悶絶《もんぜつ》にぎりっ屁だっぺ」

ライジャの目の前で手を開いた。

すると、ライジャは白目をむいて気絶した。

すかさずあるよがお清め薬をふりかけて呪いを解く。青色の水の心魂玉が、身体から出てきた。

ライジャは元の居酒屋『竜宮』のおやじさんの姿に戻った。

水晶の湖は自然の美しい清らかな湖となり、周りの草にも綺麗な花が咲きだした。

「あれっ！　ひときわ背の高い埴輪が笑って歌っているよ」

『若葉よ～　若葉よ～』

「あっ、武くんだ……」

「そうよ、武くんの奇病魂《きびょうたましい》の入った埴輪は、浄化されたよ」

「もう大丈夫だよ！　武くんは、健康体になれるよ！」

あるよは、「やったね」と言って笑った。

ようかい？　コラム

河童は、日本の民間伝承に登場する、川や池などの水辺に棲むとされる妖怪の一種です。身体は小柄で、青い肌を持ち、頭には網目模様のある帽子をかぶっています。特徴的なのは「三枚目」と呼ばれる広い口と、尾の先に傘をさしたような形をした「屁扇子《へちょうご》」という器官を持っていることです。河童は昔から、人々が水辺での事故を避けるための言い伝えの中で重要な役割を果たしてきました。また、河童が人間に悪戯《いたずら》をすることもあるため、彼らを騙したり、気を引いたりする技も伝えられています。

「半魚人」とは、魚のような下半身と人間のような上半身を持つ伝説上の生物のことを指します。古代ギリシャの神話では、海の女神アフロディーテが愛した美少年が海に落ちた際に、魚の尾を与えて救ったとされています。また、日本の伝承でも「人魚」として知られており、漁師たちが海で出会ったという話が昔から語り継がれています。

土瓶《どびん》の洞窟　変化《へんげ》かげろう

周りは、どこまでも続く灼熱《しゃくねつ》の砂漠。

さんぺいは、頭の皿の水分が吸い取られ、干からびて動けない。

たかとが担いで運ぶ。

砂漠の途中に、ラクダに曳《ひ》かれた屋台が一軒。看板には、『いたりや長介』と書かれてある。

「おっいーす！　いらっしゃい」

「わぁ、パスタ屋台だぁ〜」

ここで、みんなでサボテンジュースを飲み、サボテンパスタを食べた。

「これで十日間は飲まず食わずで大丈夫だぜ！　洞窟のやみくろうには、気をつけな！
お前たち、志村てんの知り合いか。これを持ってきな」

翔太は、閉ざされた扉を開けるという短剣を、いたりや長介から渡された。

しばらく進むと、突然砂嵐が起きて前が見えなくなる。

「あぅ、足が地面に埋まっていく……砂地獄だぁ〜。吸い込まれる……」

あるよが、赤いあやとりをロープにして翔太に巻きつかせる。

たかと、さんぺい、ナーニで引き上げようとするが……。

「わぁぁ……すごい力だわ！　引きずり込まれる……」

「あれっ、ここはどこだ」

「目をさますと洞窟の中。周りに妖蜘蛛《ようぐも》がゴソゴソと何匹も這《は》い回っているぞ」

「真っ暗で何も見えない」

「ピカッビビ……」

妖蜘蛛を威嚇《いかく》して、毛を逆立てているナーニ。

翔太に妖蜘蛛が近づかないように、電気の輪で結界を作ってくれている。

不思議な店で買った携帯ランプを灯し、周りを見ると……。

あるよ、たかと、さんぺいは、妖蜘蛛の糸に捕らわれて動けないようだ。

「われは、やみくろう！　土瓶の洞窟の番人だ。われのしもべ妖吸血コウモリが腹を空かせておるわ！」

洞窟の天井には、妖吸血コウモリの群れが目をギラギラさせている。

携帯ランプを岩肌に向けて辺りを照らすと、翔太は影絵で大トカゲを作った。

「いでよ！　かげろう！」

「ジュルゥルル……ルゥ」

大トカゲの長い舌で妖吸血コウモリを捕まえ、つぎつぎと地面に突き落とす。

「よくも！　虎狼狸様のコロナウイルスの素を……」

「この洞窟でコロナウイルスを培養《ばいよう》してたのか！」

「許せない！」

ゴソゴソと数百の妖蜘蛛が集まって、大きな妖タランチュラになった。

「これが、やみくろうの正体か……よぉっしゃ、退治してやる！」

蜘蛛の巣の後ろには、閉ざされた扉があった。

「シャアシャア」と蜘蛛の糸を吐く、やみくろう。

「かげろう、避《よ》けろ！　捕まるなよ。待ってろよ！」

翔太は、短剣で蜘蛛の糸を切ってあるよたちを解放した。

「さんぺい！　でっかいシャボン玉を作れ！　その中に、たかとの竜巻とナーニの電撃を注入しろ！」

シャボン玉の中を、竜巻と電撃が入り乱れる。すると、膨大なパワーのビッグバンとなる。

翔太が、大トカゲのかげろうにまたがった。

タランチュラやみくろうを目掛けて、そのシャボン玉を投げつける。

「バキッバジィイ……　ガギッギィイ……」

「すごい音で、命中だぁ！」

タランチュラやみくろうは、闇に消えた。

土の心魂玉が残された。

短剣で蜘蛛の巣を切り、閉ざされた扉の鍵穴に短剣を突き刺す。

「ギィギギギィ……」扉が開いた。

中には蜘蛛の糸で作られた塗り薬があった。

小児喘息の子供たちの特効薬となるだろう。

「これで、山田幸子ちゃんも小児喘息治るわね。きっと、いいことあるよ」

あるよは、にっこり笑った。

＊

朝が来た。日差しがまぶしい！

「おはよう、翔太くん。気持ちいい朝だね」

笑顔で、山田幸子ちゃんが話しかけてきた。

「おはよう、幸子ちゃん」

嬉しくなって、颯太も笑顔で返事した。

ようかい？　コラム

影と闇は、似ているようで異なる概念です。

影とは、物体が光を遮ることで、その物体に対して実体を持たない暗い影を作り出すことです。

一方、闇とは、光が存在しない状態を表し、暗さや不明瞭さ、謎めいた雰囲気を持つことを意味しています、

影と闇は共に暗さを表す意味があり、しばしば恐怖や不安と結びつけられることがありますが、本質的には異なる概念となります。

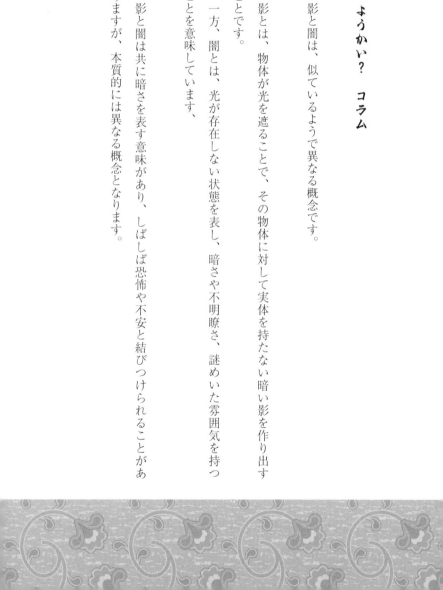

火垂《ほた》るの丘　妖秘技《ようひぎ》　落下星《らっかせい》

ここは、火垂るの丘。

いまは一面氷の世界、雪が降り寒くて凍えそうだ！

さんぺいは、目の前に温泉があると言って、「あらよ！」と温泉に飛び込んだ。

「ひとっ風呂浴びてくるっぺ！　いい湯だっぺ、みんな来いっぺよ」

ところが、たちまち温泉は凍りつき、さんぺいの身体もカチカチに凍らされてしまった。

「やられた！　罠だぁ……」

氷上に立つ雪女マジョウレが従えている巨大な妖白熊《ようしろくま》が翔太たちに襲いかかろうとしている。


翔太は影絵で三匹の狼を作った。


「ガルゥガルゥゥ……」

妖影狼《ようかげおおかみ》は一斉に妖白熊に襲いかかり、手足に噛みついた。

妖白熊の動きが止まる。

マジョウレが氷雪玉《ひょうせつだま》を放った。

翔太、たかと、ナーニと次々に命中して、身体が半分凍りついてしまった。

「ウゥゥ……身動きがとれない……」

あるよは、両方の下駄に包丁をつけて氷の上を氷雪玉を避けながら滑る。

「すごい！　まるで、スケート選手みたいだ！」

こんどは、おしゃもで氷雪玉を打ち返す。

「こんどは、卓球選手みたいだ！」

あるよは、更に三回転ジャンプをして氷雪玉を打ち返す。

「サー……いくわよ！　火垂る玉よ！」

あるよの放った火垂る玉がマジョウレに命中した！

「ウォォ……アッアツイ」

マジョウレはうずくまり、身体は溶けてしまった。

あるよが近くまで見に行くと、

「ギェへへ……ひっかかったな」

マジョウレがにやりと笑った。

「ガァガァギィギィ……」

あるよの周りの氷が持ち上がり、包み込む。

「わぁわぁ……かまくらみたいだ。だっ…だけど……出口がない！　閉じ込められたわ……」

あるよは瞑想《めいそう》に入って、呪文を唱えた。

「天の星々よ、われと共に邪悪な者に天罰を！　妖秘技《ようひぎ》・落下星《らっかせい》！」

空が茜《あかね》色に染まる。

「シャーゴォーズドォーン!!」

真っ赤に燃えた小隕石《しょういんせき》が、妖白熊と雪女マジョウレに命中した。

「アッアツイ……クゥクルシ……虎狼様ぁ〜！」

マジョウレの妖術も解かれ、穏やかな顔の貴婦人へと変わる。
火垂るの丘一面に張っていた氷も溶け、美しい草原の丘となった。
貴婦人の横には、火の心魂玉が置いてあった。

翔太たちも、駆け寄ってきた。

「やったー！　これで、火・風・水・雷・土の心魂玉を全部取り返したぞ！
よしっ！　みんな帰るぞ！」

急いで元気村に帰り、回復和尚に五つの心魂玉を渡す。

「よく無事に帰ったな！　あぁ……みんな、よくやったわい！」

和尚が不死鳥フェニックスの胸の穴に五つの心魂玉をはめこむ。

すると不死鳥は生気を取り戻し、今にも飛び出しそうだ！

「後はみんなの気持ちを一つにして起動呪文を解読して、唱えよ。最大の危険が迫った時には、翔太の元に向かうであろうぞ！

起動呪文『わこれととろもにみらういりにむりけてうろとろびたこて』

魔を取り払い念じよ！　さすれば、われは復活する」

回復和尚は翔太に呪文の解読を依頼した。

＊

翌朝、遠山先生と看護師の大岡さんが一緒に診察に来た。

「山田幸子ちゃん、喘息は発作も起きなくなったし、満くんも武くんも順調に回復しているし、退院予定も決めないとな。

そうそう、翔太くんも手術は回避できそうだな！」

「やった！」

みんな、嬉しくて笑っている。

ようかい？　コラム

「雪女は、日本の伝承や妖怪話に登場する妖怪の一種で、美しい女性の姿をした妖怪のことを指します。白く長くつやのある着物を着用し、銀髪・銀肌で冷たい存在とされています。雪や吹雪の中を徘徊し、不思議な力を持っているとされています。また、恋愛関係にも言及されることがあり、心優しく、義理堅い雪女もいるとされています。

不死鳥復活　飛べ！　翔太

新しい担当医の桐崎隼人《きりさきはやと》先生と看護師の矢場井凛《やばいりん》さんが巡回に来た。

「遠山先生と看護師の大岡さんは、どうしたんですか？」

翔太は、不安になった……。

「ああ……彼らは、コロナウイルス担当医に変わったのさ。患者数も増えて、人手不足で医師も看護師も足りないからな。翔太くん、本日十三時から腎臓移植手術をするからな」

翔太は、驚いた！

「えっ……？　遠山先生は手術しなくていいと言っていたよ」

桐崎先生は、メガネをきらりと光らせ、薄ら笑いをうかべた。

「私は、手術するのが妥当だと思うからさ」

翔太は、腎臓移植のため、手術室に運ばれた。

先に麻酔をしてベッドに横たわる母親、綾香。それを横のベッドで見つめる翔太。

「では、これから開始する。矢場井看護師、メス」

「ウヒャヒャ……」

桐崎先生の影の形が、大きなカマキリのようだ。

「おまえは何者だ！　人間ではないな」

「ウヒャヒャ……」

桐崎先生の正体が現れた。

「われは、虎狼狸じゃ。かかか……」

狼の口、狸の腹、虎柄の身体、手は大きなカマになっている。

持ってきていた、「未来スケッチ」がピカッ光る。

あるよ、たかと、さんぺい、ナーニが飛び出てきた。

「翔太くん、影絵でヒョウを作って！　ここは、私と、かげろうに任せて！」

影黒ヒョウにまたがったあるよが火垂る玉を放つ。

たかとが竜巻カマイタチを起こし、さんぺいが水砲弾を放つ。

「ズボッズボッボ……」

しかし……命中しても、すべて吸収されてしまう……。

「なんて奴だ!!」

虎狼狸が腹の中で、コロナウイルスとコレラ菌を融合させた。

コロナウイルスの十倍の毒性の「コロラ」を吐き出す。

すると、矢場井看護師が翔太の母親を看護室に連れ去った。

そこには、遠山先生と大岡看護師がいた。まゆの糸に巻かれ、動けないようにされている。

ナーニが来て、二つの尻尾ハサミでまゆの糸を切り二人を助けた。

「こいつは、妖蚕蛾《ようかいこが》だ……！　まゆの糸を吐き出し、身体に巻きつけるみゃー！」

ナーニは身体を黄金色に光らせ、毛を逆立てる。

「くらえ！　電撃だにゃ！」

「ビビィビィビビ……」

妖蚕蛾が倒れこんだところを、お清め薬で浄化する。

コロラウイルスが蔓延した手術室。

翔太、あるよ、たかと、さんぺいが苦しそうに倒れこんだ。

「未来スケッチ」がピカッと光った。

「おっいーす！　助太刀いたすぞ！」

「もう、大丈夫だぁ〜」

樽酒を担いだ、いたりや長介と志村てんが現れた！

「このサボテン酒を虎狼狸の前に並べろ！　奴は大酒呑み。かぶりついて飲むぞ！」アルコール七七パーセントの酔いつぶれ酒だ！」

「美味い酒だ！　うぃごくじゃががぁ……うぃ、酔っぱらてきたじゃががぁ……」

あるよが、翔太の近くに来て話しかける。

「翔太くん、不死鳥フェニックスを呼ぶのよ！

起動呪文解読の、ヒントは『魔を払い念じよ』だよ！」

起動呪文　わこれととろもにみらういりにむりけてうろとろびたこて

「そうか！　虎狼狸……ころうり、こ・ろ・う・りを除いて読むと……われとともにみらいにむけてとびたて！」

「やったぜ！　不死鳥フェニックスが、出現した！」

志村てんが、「アマビエの素」と書かれたある袋を渡した。

「袋の中身を、翔太とあるよ、たかと、さんぺいに食べさせろ〜や。不死鳥フェニックスにも餌にして食べさせろ〜や」

「みんな身体が、みるみる回復してきたよ。不死鳥フェニックスも、すべて食べたよ」

不死鳥フェニックスは、あるよと翔太を乗せ上空に飛び立った。

虎狼狸の上で翼を羽ばたかせるフェニックス。

あるよは、アマビエの微生体《びせいたい》をふりかけた！

「くぅくるしいじゃがが……わしの天敵、アマビエが体内で暴れておるじゃががぁ……。妖力が奪われ、身体が動かぬぅ……」

遠山先生と大岡さんが、虎狼狸を捕らえ、地獄妖怪牢《じごくようかいろう》に封印《ふういん》した。

「これにて、一件落着！」

「やったぜ！」

「不死鳥フェニックス、今度は世界を救うぞ！　あるよしっかり捕まっていろよ！」

すごいスピードで不死鳥フェニックスは世界中を飛び回り、アマビエの微生体を上空からばらまいた。

「コロナウイルスを消滅させたぞ！」

こうして世界に、パンデミックの夜明けが訪れた。

エピローグ

放課後、高校生になった翔太は河原の橋から夕日を眺める。

「あれは、夢だったのかなぁ……」

夕暮れ時、陽射しがそそぐ……。

「夢じゃないぜ！」

翔太の影が笑う。

突風が吹いた。

「俺もいるっぱぜ！」

風の声がする。

川に、ぽっかり浮いた丸いものがあった。

よく見たらお尻だった。

「おらも、いるっぺよ」

バスュと　おなら。

風で落ちた学生帽を拾ってくれた女の子がいた。

「また、見つけたわ」後ろから女の子の声。

その子が抱いている猫にさわると「ナーニ」と鳴いて、指先にビリビリと電気が走った。

いつの間にか、僕の左手の小指には赤い糸が結ばれていた。

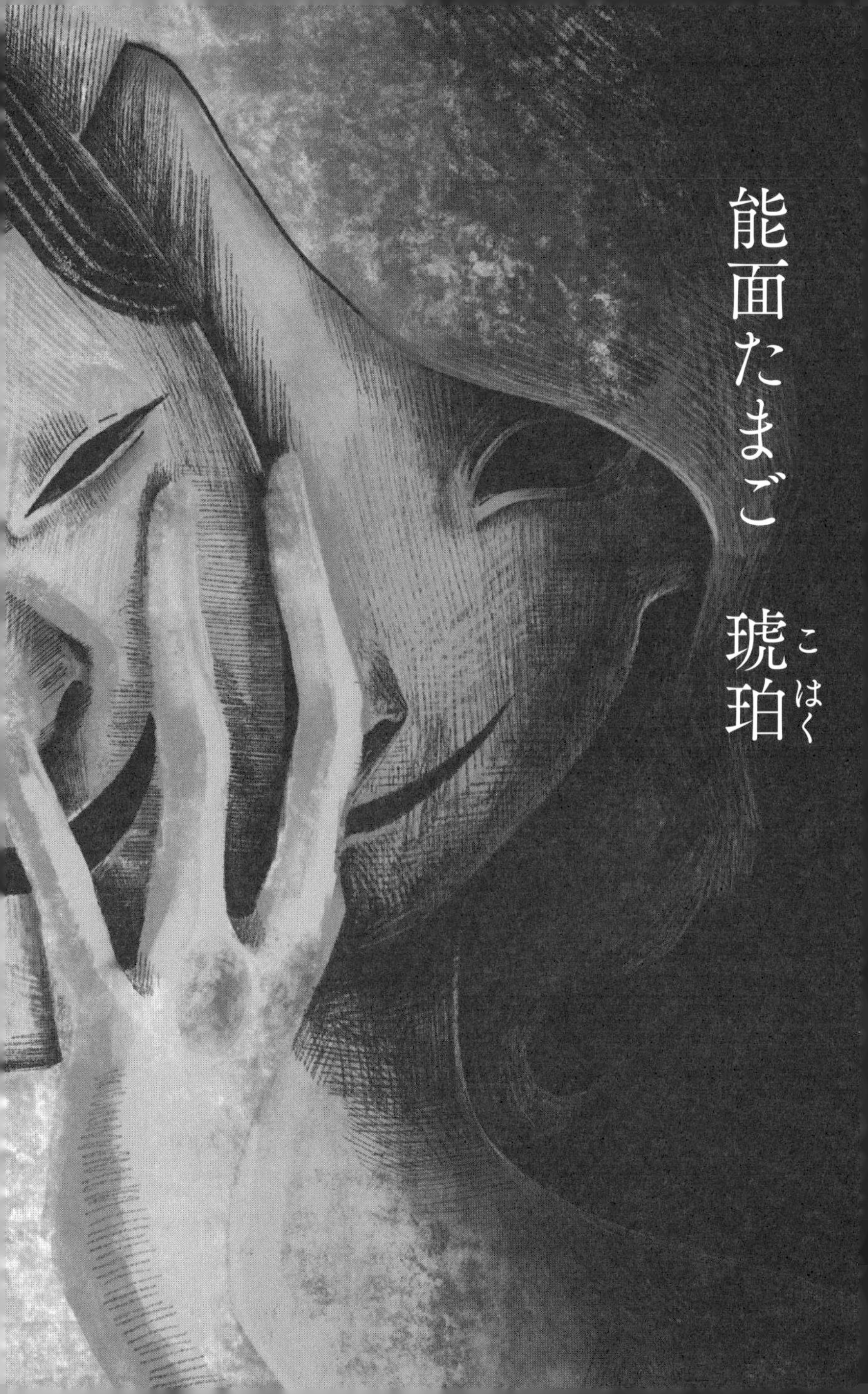

能面たまご

琥珀《こはく》

遺書

真弥《まや》は棺桶の中で、穏やかな顔で眠っている。
十八歳の短い生涯を終えたのである。

愛する人にあてた遺書を残して……。

「私は、生きてます。たまごの中で……」

「お祖母《ばあ》様、真弥は長く生きられないかもしれません。もしも、私が死んでしまったら、幼馴染みの琴江と健太、そして雅《みやび》さんにこの手紙を渡してください」

祖母の光江は、棺の中で眠っている孫娘を見つめながらありし日の真弥との会話を思い返す。この娘はあの時、自分の遠くない未来をわかっていたのだろうか。あの時、「何を不吉なことを」と、この娘の言葉を否定し、それでも手紙を預かったのだけれど……。

お通夜の席で、祖母の光江は、真弥からの手紙を健太に渡した。

健太は手紙を読んだ。

＊

健太へ

いつも真弥のことを守ってくれていたの、知ってるよ。

本当は真弥のこと好きだったのかな。

そうだったら嬉しいよ、ありがとう。

健太のお嫁さんになってあげられなくてごめんなさい。

琴江とは、いつまでも良い友達でいてあげてください。

きっと、健太なら素敵な人と巡り合えるよ。

幸せになってね。

＊

「ばかやろー！　誰が死んでいいって言ったんだ！」

「健太くん、真弥とずっと仲良くしてくれてありがとうね。琴江ちゃんへの手紙だけ見当たらないの。見つかったら渡してもらえるかしら」

「わかりました」

お葬式が厳かに始まる。

すすり泣きがあちらこちらから聞こえてくる。悲しみの中で、僧侶の読経が始まる。喪主である祖母光江は唇を噛みしめ涙をこらえた。娘の涼香《すずか》に続き、最愛の孫娘まで自分より先に逝ってしまうとは……。真弥の愛した猫・琥珀が、光江の足元にうずくまっている、身動きもせずに。

しわがれた和尚の読経が流れ、線香のにおいがたちこめる。またすすり泣きがあちらこちらで聞こえてくる。

「最後のお別れを」と、係の人がみんなに花を渡す。

出棺となり、真弥をのせた霊柩車が走り出す。

人の輪から外れ、それをじっと見つめる瞳があった。

悲しみの中で葬儀が終わると、家族や親族、親しい友人のみが火葬場に行き、白装束に身を包んだ真弥の棺桶に一人ずつ花を入れ、最後のお別れをする。

真弥の主治医の湊戸《みなと》志保《しほ》先生もハンカチで目頭をおさえて、

「私が、真弥さんの病気を治してあげたかった……」

と言った。

「真弥は、ただ眠っているだけだよね。僕がキスをすれば目を覚ましてくれるよね」

と言って、恋人の雅は、真弥の唇にそっとキスをした。

真弥は安らかな表情で眠っているように見える。

「真弥、起きてくれよ。どうして目を覚ましてくれないんだ……」

雅は、その場で泣き崩れた。


火葬場の炉が開き、真弥と一緒に、真弥と雅との思い出の写真がそこへ入っていく。雅はその前からしばらく動けなかった。

真弥との短い日々が駆けめぐる。

（どうしてこんなことになったんだ。どうして……）


外に出ると、高くそびえる煙突から煙が空に登ってゆくのが見えた。


「さよなら真弥、ずっと一緒にいたかったよ。助けてやれなくて、ごめんな」

と言う雅に、光江は、真弥からの手紙を渡した。

「それでは、親族の方から順番に骨壺にお納めください」

最初に祖母の光江が骨壺にお骨を収め、次に親族、そして湊戸先生、最後に雅が骨壺に喉の骨を収めようとしたが、涙で目がかすみ、掴み損ねて骨を床に落としてしまった。

その落ちた骨を猫の琥珀が咥えて、雅をチラッと見てから火葬場から出ていった。

琥珀は路地を抜け、軒を渡り、真弥の幼馴染みの鳥谷健太の父が経営する養鶏場の鶏舎へそっと忍び込んだ。そして、「金のたまご」を生むニワトリ「金剛鶏」の前で真弥の骨を噛み砕き、餌の中に混入した。

家に戻った雅は、真弥の手紙を開けて読んだ。

「雅さん。この手紙を読んでおられるのでしたら、きっと私は死んでいるのでしょう。
でも、悲しまないでください。私は生きています。たまごの中で……そして　いつかまた。」

(不思議な手紙だけど……これが真弥の遺書なんだね)

真弥は何を言いたかったのだろう。雅は考えこんでしまった。

真弥の初七日当日、雅の許婚《いいなずけ》の家に結納の品が運ばれてきた。

「この度は、めでたく結納がととのわれ、心よりお慶び申し上げます。たまご屋の鳥谷たまご商店でございます。宇治咲《うじさき》家様より、お嬢様が末長く幸せに暮らせますように、当店自慢の『金のたまご』をお持ちしました。

この地区では、産みたての『金のたまご』は、お祝いのお宅にお届けするしきたりになっています。ぜひ、お召し上がりください」

「これは縁起が良い、さっそく娘の好きなだし巻き卵を作りますわ」

許嫁の母が台所で木箱のフタを開けてみると、ワラが敷き詰められた木箱の中で卵がカ

しおこしょう

タカタと鳴ったような気がした。卵の表面に浮き出た能面が、うすら笑いを浮かべている。

「えっ、まさか」

見直すと、能面は消えていた。

「あら、やだ気のせいだわ」

許嫁の母は胸を撫でおろした。


「さあ、だし巻き卵を作りましょう」

卵に調味料を入れ、白身を切るように軽く混ぜると、卵焼き用のフライパンを熱し、油を入れて卵液を広げた。薄く広げた卵をくるくると巻いては卵液を足してさらに巻くことを何回か繰り返し、形を整えて完成。


祝いの席が設けられ、豪華な料理と一緒に、だし巻き卵が雅の父母に出された。

「色艶も良くふっくらとでき上がりましたわ。さあさあ、宇治咲様から頂いた『金のたまご』で作っただし巻き卵ですが、召し上がってくださいませ」

雅の母の凛《りん》が箸をつけ、

「まぁ。何て、まろやかで美味しいのでしょう！　身体の中に染み渡るようですわ」

と言った。そして、

「本日は、雅は来ることができませんので、主人と私が伺わせていただきました。これからも雅のこと、宜しくお願いします」

と頭を下げた。

「雅様は本日の結納のことは、まだご存じないのですね。でも、構いません。私は雅様と結婚して幸せな家庭を築きますわ」

許婚の娘は、そう言ってだし巻き卵に箸をつけた。


真弥の初七日の日に、雅の意志とは関係なく結納は終わっていた。

真弥の四十九日が終わった頃に、雅は真弥への想いを抱いたまま親の決めた許婚との結婚を承諾した。

初産《ういざん》

真弥が産まれる前、母親の涼香と父親の肇《はじめ》との恋愛物語があった。

能の家元の長男、宇治咲肇と里山涼香は同じ高校の演劇部に所属していた。

肇の高校生最後の夏、ミュージカル「眠れる森の美女」のヒロイン役に一年生の涼香が抜擢され、王子役に三年生の肇が選ばれた。

＊

ミュージカル「眠れる森の美女」あらすじ

ある城で、王様と王妃に待望の女の子が産まれた。喜んだ王様は祝宴を開いた。しかし皿が十二枚しかなかったために、しかたなく十二名の魔法使いを招待した。

王女が十五歳になると、祝宴に招待されなかった報復として十三人目の魔法使いが現れて呪いをかけた。すると、王女は指を紡ぎ車の錘《おもり》で指を刺して、百年の眠りについてしまった。そして、城の中のすべての人々が眠りについたまま目覚めなくなった。

ある国の王子が、城の近くの森に現れ、そこに住む老人に尋ねた。すると老人は「城の中には美しい王女様が眠っている」と答えた。

それを聞いた王子は何としても王女の姿を見てみたいと思い、どんな危険を冒してでも城に入る決意をした。森の茂みをかき分けて、王子は無事に城の中に入ることができた。

眠っている王女を見つけてキスをすると、呪いが解けて王女が目を覚まし、王子を見て微笑んだ。

王様と王妃、そして城の中の全員が目を覚ました。王女と王子はその場ですぐに結婚の祝宴を開き、幸せに暮らした。

*

「眠れる森の美女」の公演前日、涼香は、胸がドキドキして眠れなかった。

「以前から好意を持っていた、肇先輩とキスをするなんて……」

翌朝は少し眠かったが、顔を洗い身支度を終えると、「今日の公演、頑張ろう」と、シャキッとして出かけていった。

母の光江が追いかけてきて、

「涼香！　お弁当忘れてるわよ。公演見に行くから、頑張ってね」

と言った。

「ありがとう。お母さん頑張るよ」

涼香は光江に手を振った。


朝の日射しが優しく、風は髪をなびかせ路肩の木々はさわさわと音をたて、ときめく心を落ち着かせる。


涼香は劇場に到着すると、出演者の皆さんと挨拶を交わす。

衣装室で着替えをして舞台裏に行くと、

「王女様、今日は宜しくね」

と肇に話しかけられた。

涼香は「はい、こちらこそ」と言うだけで、目を合わせられない。

公演も順調に進み、いよいよクライマックス。

舞台は暗くなり、眠っている王女と王子様にスポットライトが当てられる。

肇は、涼香にそっとキスをした。

涼香は目を開けて肇を見て、優しく微笑んだ。

「貴方が、私を眠りから覚ましてくれたのですね」

「そうです。麗しの王女様　私と結婚してください！」

「はい、喜んで……」

眠りから覚めた王女と王子。目を覚ました城内の人々と共に華麗な結婚式を開くシーンでフィナーレを迎えた。

舞台の幕が閉じても、会場の拍手は鳴り止まなかった。

「二人共、記念写真撮るから並んでね」

涼香の親友の志保が「パシャパシャ」とカメラのシャッターを押した。

「志保、ありがとう」

涼香は志保に礼を言った。


その後、肇と涼香は交際を始めた。肇は京都芸術大学に進学、涼香は高校を卒業後、母光江の呉服屋で着付けや行商を手伝った。

「涼香、僕が大学を卒業して涼香が二十歳になったら結婚しよう」

肇のプロポーズに、静かにうなずく涼香。

しかし能の家元の跡継ぎである肇には、親同士が決めた許婚の凛がいた。

二人は肇の大学卒業を待って駆け落ちするが、警察に捜索願が出され、すぐに居所が見つかってしまい、無理やり別れさせられてしまった。

その後、肇は許婚の凛と結婚。一年後には凛が出産のために里帰りし、長男雅が生まれた。

ちょうどその頃、京都観世会の六月例会として、肇は京に縁《ゆかり》の深い「賀茂」「班女《はんにょ》」など三演目を上演した。

舞台が始まると笛や太鼓、謡《うたい》が響き、観客は能の世界に浸っていた。

能の上演の帰りにふと立ち寄った寺で偶然、涼香と再会した。気まずそうに肇は涼香に声をかけた。

「久しぶりだね、涼香」

「うん、久しぶり。能の上演見に行ったよ。もう立派な能役者ね」

「まだまだ未熟だけどね。見に来てくれてありがとう。今日は、近くの旅館に泊まっているんだけど、よかったら一緒に食事でもしないか？」

「えっ、嬉しいけど……いいのかな」

「上演の能舞台の感想も聞きたいしね」

「わかったわ。肇さんのファンとして一緒に食事します」

二人は、旅館に着いた。玄関横には、黒色のたまご配送車が停《と》まっていた。

夕焼けで空は真っ赤に染まり、カラスが群れをなしてバタバタ飛んでいく。

「鳥谷たまご商店ですが、産みたてのたまごを配達に来ました」

小太りで狐目の男が、旅館の女将《おかみ》と話している。

「小嵐《こあらし》さん、いつもご苦労様。厨房《ちゅうぼう》に置いといてもらえるかしら」

小嵐と呼ばれた男が、木箱にワラを詰めた中に入った産みたてたまごを、慎重に厨房に運ぶ。

「まいどおおきに」と言ってニヤリと笑い、男は黒色のたまご配送車に乗り込んだ。

たまご配送車の後ろパネルに描かれた能面の絵が薄笑いを浮かべていたように涼香には見えて、不気味な気持ちになった。

「女将さん、二人分の食事を部屋まで届けてください」と肇が女将にお願いした。

「わぁ、舟盛りのすごいご馳走ね」

「どうぞ召し上がれ、眠れる森の王女様。食事が終わったら温泉もあるから、入っていくといいよ」

「ありがとうございます、王子様」

温泉に入った後、能舞台の話をしながら肇に勧められて慣れないお酒を飲んでしまった涼香は眠ってしまった。その寝顔を見た肇は愛おしい気持ちを抑えきれず、二人は一夜を共にしてしまった。

翌朝、「私は、昨夜を肇さんとの最後の思い出とします。もうお会いすることはいたしません」と置き手紙を残して、涼香は旅館をあとにした。

その後、肇との子供を身籠《みごも》ってしまったことを知った涼香は、悩んだ末に産んで育てる決心をした。

「一人で子供を育てるのは大変よ」と光江に言われた。

「でも、肇さんの家庭には迷惑をかけられないから……肇さんにも言わないでください」

「わかったわ。私たち二人でちゃんとした子に育てましょう」


涼香は病院のベッドに横たわっていた。陣痛が始まってから数時間が経つ。不安と期待が入り混じった不安定な気持ちで、次に何が起こるのかを待っていた。


母の光江や友人の志保から励ましの言葉がかけられるものの、涼香の頭の中に「自分はこんなに弱いのか」と、自分を責めるような思考が浮かんできた。

と同時に、何もかも終わった後には、愛する肇の赤ちゃんとの笑顔溢れる生活が待っているという期待も膨らんでくる。

でも、赤ちゃんが五体満足で生まれてきてくれるのか、無事に産めるのかと不安がよぎる。この不確かな状況から脱するために一刻も早く出産を終えたいと思っていた。

やがて、妊娠中の辛さや不安が一気に吹き飛ぶ瞬間がやってきた。

助産師さんが「赤ちゃんが誕生しましたよ」と言った瞬間、涼香は涙がこみあげてくるのを抑えきれなかった。

初めての出産は、不安定な精神状態の中でも、まるで奇跡のような瞬間が待っていることを教えてくれた。「生まれてくれてありがとう」と心から思った。

生まれてきた女の子に、涼香の母の光江が「真弥」と名前を付けた。この名前には、「真 - まことの　弥 - いのち」という意味がある。真実を生きる強い意志を持つ人、命を大切にする人という意味が込められた名前だ。

涼香は、愛娘の真弥を産んだ後、母親光江の営む呉服屋を手伝いながら子育てをした。

真弥は、祖母の光江と母親の涼香の愛情を受けて、すくすく育った。

琥珀

真弥が産まれて、もうすぐ七年になる。

涼香は着付け教室や着物の仕入れや販売で、日々忙しくしている。

京都で呉服屋を営む里山光江は、娘の涼香、孫の真弥との三人暮らし。

真弥は食物アレルギーが酷く、特にたまごに反応するため、食事には常に注意していた。

真弥には、「真弥が生まれてからお父さんとは離れ離れになっているけど、見守ってくれているから」と志保が撮った涼香と肇の二人で写った写真を渡していた。

ある冬の日、店の前に子猫が捨てられていた。

真弥が見つけ毛布でくるみ、暖かくしてミルクを飲ませた。

寒さと飢えで衰弱していたが、次第に生気を取り戻していった。

「お母さん、この猫、家で飼ってもいい？」

「真弥は面倒見られるの……？」

「うん、私には兄弟がいなくて寂しかったの……だからお願い」

「わかったわ。お祖母様には話しておくわね」

「わぁ、ありがとうお母さん」


祖母の光江も子猫を飼うことを承諾した。

「綺麗な毛並みの雌猫ね。名前を琥珀としましょう」

「ミャーミャー」

「お腹がすいているみたい。真弥、ミルクをおやり」

「ペチャペチャ」と子猫は必死にミルクをなめた。

「たくさん食べてね。これからは、ずっと一緒。寂しくないよ」

　真弥の幼馴染みで同級生、琴の師範代の娘の琴江と、たまご屋の息子の健太が遊びに来た。

「こんにちは。真弥ちゃんいますか」

「あら、琴江ちゃん、健太くん、いらっしゃい。真弥、お友達が遊びに来たわよ」

「はーい。上がって！　今ね。子猫の琥珀にミルクを飲ませてるの」

「わぁ、真弥ちゃん、子猫飼うんだ」

「そうだよ。今日から真弥が育てるの」

「へェ〜、いいなぁ！　あっ、真弥ちゃん、髪の毛結んだんだね。私のクシでといで結び直してあげる」

「ありがとう、琴江ちゃん。いつでも琥珀を見に来ていいよ。ついでに健太くんもね」

「ちぇっ、俺はついでかよ」

「あっ、ごめんね」

　真弥にとって、琴江は何でも話せる女友達、健太はわんぱくで、たまに真弥に意地悪する男の子。

「これ　お母さんとお父さんの写真よ。琴江ちゃんだけに見せるね」

「わかったわ、二人の秘密ね」

琴江の持ってきたお菓子を三人で食べていたら、真弥の腕に蕁麻疹《じんましん》が出てきた。

それを見て、健太は真弥をからかう。

「わぁ、気持ちわりぃ～。ぶつぶつができてる」

「わぁ～ん」

「真弥、泣かないで。おばさん呼んでくる。健太！　真弥をからかうのはやめなよ！　真弥は、病気なんだよ」

「ちぇっ、女はすぐ泣くからやだよ」

琴江が、涼香を呼びに行った。


「真弥、大丈夫なの？　何か食べた？」

「うん、三人でお菓子食べたよ」

「たぶんそのお菓子にたまごが入ってたんだわ。志保先生がいると思うから、今から見てもらいに行きましょう。みんなごめんね。真弥を病院に連れてくから今日は帰ってね」

「来週の月曜日、十日は琴江の誕生日会だから来てね」

「覚えてるよ。五月十日八時に産まれたから『こ・と・え』って言う名前なのよね。誕生日会、楽しみだね。ぜったいに行くからね」

「真弥、待ってるよ。おばさん、お邪魔しました」


琴江と健太は家に帰っていった。

みなと病院は、涼香の同級生、湊戸志保の父親の病院だ。志保も内科の医師で、真弥の担当医である。

「こんにちは、真弥ちゃん。今日はどうしたの？」

「真弥の手にぶつぶつができて、かゆいの」

「そう。お薬を出すから朝晩飲んでね。かゆみもひいてぶつぶつも治るからね。お母さんと　お話があるから、待合室で待っててね」

真弥は診察室のドアを閉めて待合室に行った。

「涼香。真弥ちゃん、何食べたの？」

「お友達からもらったお菓子みたい」

「そう、お菓子にはたまごが使われている物が多いのよ。かわいそうだけどお菓子は禁止にしてね」

「わかったわ、真弥には言い聞かせるわ」

「心配しないで、真弥ちゃんは私が必ず治してあげるから」

「ありがとう志保、これからも真弥のこと、宜しくね」

涼香が真弥を連れて家に帰ると、琥珀の鳴き声が聞こえてきた。

真弥は急いで部屋に行き、琥珀にミルクを飲ませた。

「ごめんね琥珀、お腹空いたね」

ミルクを飲み終わった琥珀を抱いて、真弥は寝てしまった。

「今日は疲れたのね。あらあら、何だか姉妹みたい」

五月十日の琴江の誕生日会、真弥は琴江の家を訪れた。

「お菓子とケーキがあるから、たくさん食べていってね」

琴江の母、凜がにこやかに真弥に話しかけた。

「ごめんなさい、おばさま。私、たまごアレルギーがあるからお菓子とケーキは禁止されているの……」

「そうなの、残念ね。フルーツなら大丈夫ね？　おいしい苺があるから、苺ミルクを作るから食べていってね」

「嬉しい！　おばさま、ありがとうございます」

するとそこに、一人の男性がやってきた。

「あらっ、あなた、おかえりなさい」

「あっ、お父さん、おかえりなさい」

琴江の父が外出先から戻ってきたのだった。

「琴江、誕生日おめでとう。プレゼント買ってきたからな」

「わあ、嬉しい！　何かしら？」

琴江がリボンをほどいて包みを開けると、淡いピンク色のポーチバッグがあった。

「お父さんありがとう。これ、真弥がいつも持っているから、同じのが欲しかったの」

（いいなぁ、琴江には優しいお父さんがいて……）

「私のお父さんは学者さんなんだ～。ＤＮＡの研究をしてるの。遺伝子を解明することで病気治療に役立てたり、親子の血縁判定ができるんだって」

琴江は、自慢げに話した。

真弥は内心、(わたしにもこんなふうに優しいお父さんがいたらなあ……)と思ったが、琴江の前では平静を装っていた。

「すごいね、私の病気も治る薬が研究されるといいな」

「お父さん、研究して、真弥の病気も治してあげてね」

「わかったよ。真弥ちゃんは琴江の友達だもんな。父さんに任せておきなさい！」

「ありがとう、おじさま。宜しくお願いします」

＊

真弥は子猫の琥珀と一緒に過ごすことが嬉しくてたまらない。自分に姉妹ができたようだ。琥珀がそばにいてくれれば淋しくはない。

布団の中で寄り添って寝る真弥と琥珀を見て、涼香は微笑ましく思った。

騎士《ナイト》

琴江は、自宅にある父の研究室で、いたずらでアルコールランプに火をつけ炎の揺らめきをながめていた。

するると、ガタガタと大きな揺れ。地震だ。ランプが倒れ、カーテンに燃え移る。隣の部屋に逃げ込むが、煙が室内に充満してきて息苦しい、意識が遠のいていく……。

＊

ここはどこ？　温かい水の中、お母様が琴を弾きながら泣いている。悲しそうな音色……お父様と言い合いをしている。

私が生まれて、お母様を笑顔にしてあげたい。

＊　＊

誰かの声が聞こえる。

「頑張って、もう少しで産まれる」

「琴音《ことね》、頑張ってくれ」

とお母様の手を握るお父様。

身体がグルグル回って動いていく、滑り台を滑っていくような――暗闇の中から明るい世界に……。

「もう少し　頭が出てきたよ、頑張るのよ」

助産師さんの声だ。

おぎゃー
息ができる、声が出る。

お母様が笑っている。

「おめでとう。一九六六年五月十日八時八分、元気な女の子ですよ」

「何て指の動く子なんでしょう。きっと素敵な琴の音を奏でるわ。名前は――産まれた日時にちなんで、こ・と・え、琴江と名付けましょう。あなた、いいですか」

「ああ、いいとも。元気な女の子を産んでくれてありがとう」

＊

必死に消火活動をする消防隊。だけど火の手が速くなかなか鎮火しない。

「まだ中に娘が取り残されているの。助けに行かせて」

「ダメだ！　入り口が崩れて狭くなっていてわれわれでも侵入することができない」

「僕なら入れるよ」

五歳ぐらいの男の子が自ら頭から水をかぶり、消防隊が止めるのを聞かず崩れかけた玄関から侵入していく。

「ダメだ！　危険すぎる！　坊や、やめるんだ！　戻っておいで」

消防隊員が叫ぶ。

制止も聞かず、男の子は入っていってしまった。

「仕方ない。左右から放水して鎮火させるんだ」

「お願い、誰か助けて。動けない」

煙で視界が悪く、息苦しくて声が出ない。琴江の意識が遠のいていく……。

「誰かいるの？　いるなら返事して！」

男の子の声がする。

琴江は力を振り絞って部屋の片隅に置いてある琴の弦を指で弾いた。

部屋の隅から琴の音が聞こえる……。

「あっ　いた！　大丈夫、僕の背中につかまって」

琴江は口に湿ったハンカチをあてられ、男の子の背中におぶわれている。

（私を助けにきてくれたんだ）

男の子は火の粉を払いのけ、躊躇せずに出口をめざし、足早に突き進んだ。

前方に消防隊が見えた。ホースで水をかけ、進路を消火する。

「助かった！　無茶するなよ。坊や、ケガはないか？」

「僕は大丈夫だよ。それより、女の子を見てあげて」

琴江は横になって応急治療を受けた。

（助けてくれた男の子にお礼を言わなければ、でも声が出ない……）

男の子の横に、琴江と同じぐらいの歳の着物を着た女の子がいた。

（誰だろう。親しそうに話をして、火傷《やけど》の薬をぬってあげている。私の手の中に髪の毛。必死につかまっていた時に、手で握り抜いてしまったのね。でも、何なのあの子。私の騎士《ナイト》に近づかないで……）

救急車で病院に搬送されていく琴江は、先ほど見た光景を反芻《はんすう》していた。

（動けない……悔しい……。あの子、許せない……）

保育園に通うようになった琴江は、近所の呉服屋の真弥、たまご屋の健太と同じたんぽぽ組になった。

「はじめまして、私は真弥。琴江ちゃん、女の子同士仲良くしてね。健太くんは、女の子に優しくしなきゃだめだよ」

「やだよ、女はすぐ泣くからめんどくさいや」

「もう！　遊んであげないからね」

優しそうに笑う女の子。

（あの時、私の騎士《ナイト》に火傷の薬を塗っていた着物の女の子だ、間違いないわ。……でも、今は友達でいなきゃ）

「こちらこそ、仲良くしてね。真弥ちゃん、健太くん」

真弥、琴江、健太は、三人とも同じ小学校に入学した。

真弥は時々、午後になるとアレルギーの発作を起こし、体に発疹が出ることがあった。

「あなた、体に変な模様ができている！　気持ち悪い」

「近づくな　うつるぞ！」

「やだぁ、来ないで。あっちへ行ってよ」

騒ぐクラスメイトの間に、健太が割って入った。

「お前たち、真弥をいじめるのはよせ。アレルギーはうつることはないんだ！」

「わぁー！　健太は、真弥ちゃんが好きなんだ～！」

「そんなんじゃ、ないやい！」

ひやかされた健太は、顔を赤くして必死に否定する。

しばらくして、健太が琴江を呼び止めた。


「おい、琴江ちゃん。話があるからこっち来て」

「なによ、健太くん……」

「お前、真弥の給食に何か入れているだろ？　お前が給食当番の日に限って、真弥ちゃんが発作を起こすのは変だろ！　それに、陰でみんなに、ありもしないことといいふらして……。友達のふりして真弥ちゃんをいじめるのはやめろよな！」

「何よ、そんなわけないわよ！　何か証拠でもあるの？」

琴江はムッとして言い返す。

「証拠はないよ。俺の勘違いならいいけど……。真弥ちゃんには、言わないでおくよ。悲しい思いをさせたくはないからな」

「あーら、お優しいこと！　真弥ちゃんを守る騎士《ナイト》さん」

するとそこに、真弥がやってきた。

「どうしたの？　琴江ちゃん、健太くん」

「何でもないよ。今度三人で遊園地でも行こうと話をしていたんだよ」

「わぁー！　いろんな乗り物があって楽しそうだね。行こ行こ！　健太くんはボディガードについてきてね」

「えー、しかたねぇな」

頼んだよ　ナイトくん。

節句

二月二十五日。北野天満宮で梅花祭が行われる日。

涼香は真弥の七つの節句祝いと病気回復祈願をしに北野天満宮に出かけた。

真弥は琥珀を抱いている。

天満宮に向かう道で、真弥より一つ二つ年上の男の子を連れた和服の女性が、わらべ歌を口ずさんでいた。

通りゃんせ　通りゃんせ
ここはどこの　細道じゃ　天神さまの　細道じゃ

ちっと通して　くだしゃんせ
御用のないもの　通しゃせぬ
この子の　七つのお祝いに　お札を納めにまいります
行きはよいよい　帰りはこわい
こわいながらも　通りゃんせ　通りゃんせ

「お母さん、この歌、何て言うの？」

「『通りゃんせ』と言うのよ」

すると、男の子を連れた和服の女性が話しかけてきた。

「こんにちは。これから北野天満宮に行かれるのですか」

「はい、梅花祭があると聞いて……この子の七つのお祝いに行こうと思いまして」

「そうですか。とても綺麗に咲いてましたよ」

男の子が、真弥の抱いている子猫を見て話しかけてきた。


「可愛い猫だね、名前なんて言うの?」

「私は真弥。この子は琥珀って言うのよ」


真弥の手から離れて琥珀が男の子に近づいていく。

足元にすり寄ってきた琥珀を、男の子が抱き上げた。

「あれ……琥珀は他人にはなつかない猫なのに。こんなの初めて」


男の子が、そっと琥珀を真弥に返した。

「僕は雅。それじゃまたね」

男の子は、元気に手を振った。

真弥もにっこり笑って手を振った。

「ねえ、お母さんからもらった写真のお父さんに、雅くん、似てるね」

「えっ。そう言えば……まさか……」

涼香は、少し不安な気持ちになった。


真弥と涼香は、北野天満宮でお参りをした。

「わぁ、綺麗な梅の花。それに、石でできた牛の像がいっぱいあるね」

「真弥、自分の身体の悪い部分――そうね、お腹かな。牛の像の同じ部分を撫でると、身体の不調が改善すると言い伝えられているのよ」

「へぇ～。真弥の病気、治るかな」

「お母さんと一緒に、牛さんを撫でましょうね」

「はーい」

北野天満宮からの帰り道、車道の向かい側に琴江と健太がいた。

「真弥！　来てたの？　こっちにおいでよ」

と、琴江が手招きした。

真弥が琥珀を抱いたまま車道を渡り始めたところに、黒いワゴン車が走ってきた。

「あっ　危ない！」

とっさに涼香が飛び出して、真弥を歩道側に突き飛ばした。

ドン　キィーン　キュルキュル

すさまじいブレーキ音。

涼香が、黒のワゴン車の前で頭から血を流し、倒れ込んでいる。


真弥は琥珀を抱いたまま歩道でうずくまっている。

黒のワゴン車に積まれていたたまごが落ちて割れて、中身が流れて出ているのが見えた。


救急車が来て、病院に涼香と真弥は搬送された。

幸い真弥はかすり傷ですんでいたので、救急車の中で救急隊員に話しかけられた。

「お嬢ちゃん、お名前と、連絡先言えるかな」

「うん。名前は里山真弥。お家の住所と連絡先は、お財布に入れて持ってるよ」

「そう。見せてくれるかな」

「いいよ。……お母さんを助けて、お願い」

気丈にふるまっていたが、そう言うと真弥は泣き崩れた。


病院に光江が駆けつけた。真弥と一緒に集中治療室に案内された。

涼香は頭に包帯を巻き、酸素マスクをつけて眠っていた。

黒のワゴン車の所有者である健太の父親、鳥谷たまご商店の店主鳥谷健吉も駆けつけた。

「このたびは当店の従業員小嵐大介運転のたまご運搬車が涼香さんに重傷を負わせました。誠に申し訳ございません」

と、深々と頭を下げた。

「ご親族の方、担当医の先生から説明があります。こちらへどうぞ」

看護師が光江たちを別室に案内した。

「はい。私が涼香の母親の里山光江です」

「はじめまして、担当医の神崎です。娘さんは頭を強打して脳内出血しています。止血はいたしましたが、危険な状態かと思われます」

「わかりました。……宜しくお願いいたします」

しばらくして涼香は目を覚まし、母の光江に頼み込んだ。

「お母さん、真弥のこと、宜しくお願いします。親孝行できなくてごめんなさい」

すると今度は、真弥と琥珀に目を移して言った。

「真弥、それに琥珀も、無事で良かったわ。お母さんが死んでしまっても、真弥を見守っているから心配しないでね」

涼香はそう言い残して目を閉じた。


二日後に通夜が、その翌日には葬儀が執り行われ、涼香は火葬された。お骨を骨壺に入れる時、こぼれ落ちた喉の骨を琥珀が拾って食べてしまった。

「琥珀の身体の中に涼香がいるなら、きっと真弥のことを見守ってくれるでしょう」

光江は、琥珀を抱き寄せ、撫でた。

純愛

十八歳になった真弥に、ある日、思いがけない出会いがあった。

その日、着物を届けた帰りに真弥は、涼香との思い出の場所、北野天満宮に立ち寄った。

ところが、往来の中で、琥珀とはぐれてしまった。

「琥珀、琥珀！　どこにいるの。いたら出てきて」

しばらく捜していると、猫を抱いた男性が現れた。

「そこの着物のお嬢さん。捜しているのはこの猫ですか？」

「あっ、琥珀！　そうです、その猫です。見つかって良かった」

「境内で猫がキョロキョロしていたもので……」

「ありがとうございます」

真弥は琥珀を受け取り、お礼を言った。そして、気づいた。

「あのう……以前、どこかでお会いしたような……」

「子供の頃、母に連れられて参拝に来た時に子猫を抱かせてもらいました。確か、その女の子の名前は真弥さんで、猫の名前は……思いだしました、琥珀でした」

「あの時の男の子……！　雅さんですよね」

「そうです、偶然ですね」

真弥は、特別な運命を感じドキドキした。

「立ち話も何ですから、そこのお茶屋でお話ししませんか」

「はい」

二人は境内にある茶店で一服することにし、緋毛氈《ひもうせん》の上に腰を下ろした。

「僕は、宇治咲雅、十九歳。京都芸術大学の大学生です」

「私は、里山真弥、十八歳。高校卒業後、お祖母様の呉服屋を手伝ってます」

雅は、色白で、艶のある黒髪の真弥に一目惚れしてしまった。

「そうだ！　僕の所属している演劇部で、今度『眠れる森の美女』のミュージカルをやるんだけど、王女役を一般募集しているんだ。応募してみないか？」

「そのミュージカル、昔、母と父が王女と王子役で出演したんです。お話は母がよく寝る前に読み聞かせてくれました」

「だったら、ぜひ応募してみてよ。僕も王子役で応募するんだ」

「でも、私にできるかしら……」

「大丈夫！　大学に見学においでよ。演劇部のみんなに紹介するから。今週末、練習で集まるんだ。午後から来てもらえるかな」

「はい、見学に行きます」


真弥は週末、琥珀を抱いて大学の演劇部を訪れた。


「よく来てくれたね。真弥さんと琥珀はいつも一緒だね」

「大事な家族ですから。琥珀はおとなしく見ているから、大丈夫だと思います」

雅たちが一生懸命練習する姿を見て、真弥もやってみたくなった。

「どうだった？　真弥さん」

「皆さん、はつらつと演技していて、とっても良かったわ」

「よかったら台本見てやってみない？」

「えっ、できるかな……」

「魔女の糸巻き車の錘に刺さって、眠りについてしまうシーンだよ」

真弥は、台本通りに王女になりきり演技した。

すると、演劇部内からブラボーの歓声が飛んだ。

「すごく良かったよ！　絶対王女役に応募すべきだよ」

「ありがとう。皆さん良い人ばかりで、集中して演技できました」

オーディション的なものはなく、その日のうちに配役の発表があった。

「ミュージカル『眠れる森の美女』の王女役の発表です。

厳正なる審査の結果、王女役は里山真弥さんに決定いたしました！」

「本当に？　夢みたい」

「良かったね。僕も王子役に抜擢されたから、毎週末、一緒に練習しような。何でも連絡してきていいよ。これ、連絡先」

雅から自宅の電話番号を渡された。

「ありがとうございます」


真弥は週末が楽しみになった。


演劇部の練習は半年間続き、明日、いよいよ本番の舞台に立つ。

「明日、演技とはいえ、雅さんとキスをすることになるのね。どうしよう、胸が締め付けられる……」

琥珀が心配そうに「にゃ～」と鳴き、真弥に擦り寄ってきた。

翌朝、大学の講堂に出演者が集まっていた。

「今日は宜しくね、王女様。緊張しないでリラックスしていこう」

「はい、宜しくお願いします、王子様」


幕が開いた。


舞台は順調に進み、いよいよ王子が王女にキスをして目覚めさせるシーンだ。

王子が眠り込む王女に優しくキスをした。

王女は目を開け、王子を見つめて微笑んだ。

その後、二人の結婚祝賀会が開かれて幕が閉じた。

劇場内に拍手が鳴り響く。大成功だ。

「二人並んで！　記念写真撮るよー」

演劇を鑑賞しに来ていた真弥の主治医、湊戸志保先生がシャッターを切る。

「真弥ちゃん、ちょっといいかしら。たまごアレルギーは最近出てないけれど、くれぐれも注意してね。極度の精神的な苦痛とアレルギーが同時に発生すると、アナフィラキシーショックが起きて動けなくなって命を落とすことになりかねないのよ」

「はーい、志保先生。食べる物には十分注意します。あとはリラックスね」

その後、真弥と雅は交際を始めた。雅は事前にたまごアレルギーに対応してくれるか確認をとってレストランを予約したり、猫と一緒に入れる施設でデートするように気を配った。

交際を始めてしばらく経った、クリスマスイブのことだった。

「真弥さん。僕が大学を卒業したら、結婚してください」

雅は真弥を見つめてプロポーズした。

「はい」と頬を赤らめて、真弥は返事をした。


その夜、真弥は怖い夢を見た。

黄色のヌルッとした液体に包まれて身体が溶けていく。ドクドクと脈打つ音。動くことも声を出すこともできない――。琥珀が身体の上に乗ってきてようやく目を覚ました。

「あれは、何だったのだろう……。私、死ぬのかな」

真弥は万が一のために遺書を書いて引き出しに入れた。

「琥珀、私がもしも死んだら、この手紙届けてね」

琥珀は心配そうに「にゃ～」と鳴いた。

夜が明けて、不吉な夢は忘れることにした。

真弥は雅のプロポーズの言葉を思い出して嬉しくなった。

（真弥は、雅さんと結婚して必ず幸せになります）

策略

真弥は、雅の母親の凛に呼び出された。
宇治咲家に到着し、玄関に入ると、障子の向こう側で、歌が聞こえる。

ずいずいずっころばし　ごまみそずい
ちゃつぼにおわれて　とっぴんしゃん
ぬけたら　どんどこしょ

たわらのねずみが米食ってちゅう

ちゅう　ちゅう　ちゅう
おっとさんがよんでも　おっかさんがよんでも　いきっこなしよ
いどのまわりで　おちゃわんかいたの　だぁれ

真弥は茶室に通された。


「さきほど歌っていらしたのは、『ずいずいずっころばし』ですね」

「よくご存じですね。お茶というものの権威を高めた人物が千利休で、利休がごまを好んだことから、ごまを使った料理を利休がよく作ったと言われているわ。ごまの味噌汁は利休汁というのよ」

「そうなんですね。ありがとうございます、見聞が広がりました」

「雅から聞きましたわ。あなたが、雅とお付き合いされている里山真弥さんですね。雅の母です」

「初めまして、里山真弥と申します。雅さんとお付き合いさせていただいています」

「着物がお似合いの綺麗なお嬢さんですね」

凛がお茶をたてて真弥の前に差し出す。

「さあ、お茶が入りましたのでお飲みになってください」

真弥は左手で茶碗を取り、正面に置き「お手前、頂戴いたします」と挨拶をし、茶碗を手に取り、左手の上で二回茶碗を回す。飲み終わったら指で飲み口をぬぐい、指を懐紙で拭き取り茶碗を戻した。

「結構なお手前でした。ありがとうございました」

「真弥さん、雅からお聞きになっていると思いますが、雅には家同士が決めた許嫁がいますの。これは、宇治咲家のしきたりで、私もそれで家元と結婚いたしましたのよ」
「でも、私たちは愛し合っています。何卒、お許しください」
「雅もそう言ってましたわ。……あなたたち、駆け落ちでもなさるおつもりかしら？　雅は、大事な跡取り息子です。今主人を呼んできますのでお待ちください」

凛が家元の肇を呼びに部屋から出ていった。

突然、真弥はアレルギー性の発作にみまわれた。
「うっ……呼吸が苦しい……。たまごを食べてないはずなのに……動けない、誰か助けて……」

障子の向こうから声がする。

「真弥！　雅さんの許嫁は私なの。駆け落ちなんて許さない！」

「その声は琴江…どうして……」

「それに、真弥と雅さんは腹違いの兄妹なのよ！　結婚はできなくてよ。あなたのお母さんのことも、雅さんのお母様はお許しになっていないのよ」

「琴江、そんな確証はないはずよ」

「真弥の髪の毛と雅さんのお父様の髪の毛を採取してＤＮＡ鑑定したのよ。間違いないわ」

「私の髪の毛……いつのまに」

「真弥の家に子猫を見に言った時よ。私のクシで真弥の髪を結い直してあげたでしょう?」

「えっ、そんな前から……。琴江もお母様も知ってたのね」

「私は、真弥から見せてもらった写真を見て、真弥のお父さんは雅さんのお父様だとピンときたのよ。それにお母様の凛さんは、私の母のお琴のお弟子さんだったのよ」

真弥は、親友にも裏切られ、愛する人とも結婚できないことを知って生きる気力を失いそのまま倒れ込んでしまった。

すると、障子を開けて、雅が真弥に駆け寄った。

「真弥、大丈夫か。しっかりしろ！　今、みなと病院の志保先生の所に連れていくからな」

父親の肇の車でみなと病院に急行した。

「今、できるだけの手当てはいたしました。でも大変危険な状態です」

ベッドには酸素マスクをつけた真弥が横たわっている。真弥は意識を取り戻し、傍らに立つ肇を見た。

「やっと写真のお父さんに会うことができました……」

「ごめんな、今まで真弥の存在を知らなくてごめんな」

肇は謝罪した。

「最後にお父さんに会えて嬉しい。雅さん、今まで愛してくれてありがとう……」

『ピーピッピッピッ……』

やがて心電図の動きが止まった。

志保は、真弥の目にライトをあて瞳孔を確認して、「十六時四十二分、ご臨終です」と告げた。

真弥の危篤を聞いて急いで駆けつけた祖母の光江と幼馴染みの健太は、死にぎわに間に合わなかった。

憑依《ひょうい》

突然、凛はたまごアレルギーを患い床に伏せていた。
その夜、鏡を見た凛は、映った顔が能面に変わっていて恐怖に怯えた。
それから毎夜、能面になる呪いは続いた。
凛は体調が思わしくなく、寝込んでしまった。
琴江がお見舞いに来た。
「お母様、おかげんはいかがですか」

「あら琴江さん、わざわざありがとう」

「今、お茶をたててお持ちしますわ」

琴江は茶室でお茶をたて、凜の寝床に持っていく。


「あなたには驚かされるわね。まだ七歳の女の子が、主人と真弥さんが親子だと気づいて髪の毛を採取してDNA鑑定させようとするなんて」

「お母様こそ、鳥谷たまご商店の運転手にお金を渡して、事故に見せかけてひき殺そうとするんですもの。そういえば運転手の小嵐大介、ハンドル操作を誤って大事故を起こしたあと、『足元に猫が、猫が』って叫んでそのまま亡くなったそうよ」

「あなたも協力したじゃない？　真弥さんを車道に飛び出させるように手招きしてくれたでしょう。小嵐が死んでくれて良かったわね」

「そうですね。これでお母様と私だけの秘密になりましたね」

凜は茶碗を空にした。

琴江が凜の寝室から出てしばらくすると、凜が急に苦しみ出した。

「うぅ……苦しい……呼吸ができない。誰か助けて……」

凜は寝室で悶え苦しみ、そのまま帰らぬ人となった。

「真弥の時と同じように、鳥谷たまご商店で新開発したたまごを配合した抹茶が役に立ったわ。これで、あの事件を知る人はいなくなった。雅さんは私のもの。私は真弥に勝ったのよ」

凜が亡くなって半年後に雅と琴江の結婚式が開かれた。

結婚式前の控室、白無垢の花嫁衣装姿の琴江の所に健太が訪ねてきた。

「健太、結婚式に来てくれたのね」
「真弥の遺書に、『琴江とは、いつまでも良い友達でいてあげてね』と書いてあったからな」
「へぇ～、そんな遺書あったんだ」
「そうそう、結婚式に出かける前に、琥珀が手紙くわえて来て、見たら『琴江へ』って書いてあったから、渡そうと思ってな」
「そう、ありがとう健太」

「どうして　今頃こんな手紙が……」
琴江は封を切って手紙を読んだ。

＊

琴江へ

今までお友達でいてくれてありがとう。良い人と巡り合って幸せになってね。
最後に、琴江にも言っていなかった秘密を書くね。
信じてもらえないかもしれないけど。
琥珀は、ずっと私を見守ってくれたお母さんなの。
私のお母さんのお葬式のあと、琥珀がお母さんの遺骨を食べてからずっと……。
もしも　写真のお父さんが見つかったら、一緒にいさせてあげてね！　おねがい。

＊

「そんな馬鹿な話あるわけないでしょ。真弥と友達？　冗談じゃないわ。死んでくれてせいせいするわ」

琴江は手紙をゴミ箱へ放り投げた。

すると急に部屋の中が真っ暗になった。

鏡に映った琴江の顔は真弥になり、しだいに能面に変わっていった。

「親友だと信じていたのに……ずっと、私は琴江の中に潜んでいました。琴江に後悔の気持ちがあれば許してお祝いしようと思っていたのに……残念ね」

琴江に、琥珀が「ウゥウゥ……」と威嚇する。

「それに、お母さんを撥ねた運転手の足に噛み付いて、事故で死亡させたのは琥珀なのよ」

「やめて！　真弥許して……」

「今から、琴江の魂と入れ替わり身体を乗っ取るわ。これで、琴江が私にしたことは許してあげる。……私が、雅さんと結婚します」

結婚式が始まり、三三九度の儀式になった。新郎新婦は三つの盃を共に使ってお神酒を頂いた。

同じ盃を使うことで、「一生苦楽を共にする」という意味が生まれる。そして。使われる大、中、小の盃は「子孫繁栄」、「二人の誓い」、「ご先祖様への感謝」とそれぞれの意味を持つという。二人は、神様へ「夫婦の契り」を交わした。

白無垢姿の琴江を見た雅ははっとした。色白の肌、艶のある黒髪、優しい眼差し……。

「もしかして……真弥なのか？」

「そうよ。琴江と私は入れ替わったの。『いつかまた』って、書いたでしょ」

「そうか……嬉しいよ、真弥……」

「私も、雅さんと結婚できて、とても幸せ。末永く可愛がってください」

真弥はにっこり微笑んだ。

雅は驚いたが、素直に受け入れて、結婚式は滞りなく終了した。

結婚式場に忍び込み花嫁の姿をじっと見ていた琥珀は、琴江と入れ替わった真弥にそっと近づき、祝福した。

「琥珀……いや、お母さんありがとう。お母さんも一緒に幸せになろうね」

と言って真弥は琥珀を抱き上げ、新郎の父親肇に手渡した。

肇が椅子に座ると、琥珀は膝の上に乗って甘えてきた。

「お母さんも良かったね、最愛の人の所に帰れて。これからずっと一緒だね」

肇も琥珀を優しく撫でた。そのまま琥珀はすやすや眠ってしまった。

輪廻転生《りんねてんしょう》　人を呪わば穴二つ

人を陥れようとすれば自分にも悪いことが起こる

エピローグ

真弥は翌年長男を出産した。

足をよく動かす元気な男の子だ。

「この子、お腹の中でもよく蹴っていたわ。将来サッカー選手になるかもね」

名前を颯登《はやと》とつけた。

それから二年後――。

「颯登も来年、お兄ちゃんになるんだよ。お母さんのお腹の中には赤ちゃんがいるの」

新緑の季節を迎えた頃、真弥は二人目の出産に臨んでいた。

「頭が出てきた。もうすこしよ、頑張って」

五月十日八時、おぎゃーという産声。

「元気な女の子ですよ」

助産師さんがそう告げると、枕もとに生まれたばかりの赤ちゃんを置いた。

（何て可愛いんでしょう）

無事に出産できたことにほっとして、幸せな気分にひたっていた真弥はあることに気づいた。

（えっ、そういえば琴江と同じ誕生日時だわ、この子……。きっと偶然ね）

名前を真央《まお》とつけた。

颯登もすっかりお兄ちゃん。真央の面倒をしっかり見てくれている。真央は、颯登が大好き。一緒にいると、嬉しそうに笑っている。

「お母さん、真央が『ハヤト』ってしゃべったよ！」

「本当だね、真央が最初に話したのは、お兄ちゃんの名前だね」

その様子を窓の外からじっと見つめる、八咫烏《やたがらす》の三九郎がいた。

突然真央が、泣き出した。

よしよしとあやす颯登。

「そろそろおしめ替えなきゃ。あっ、やっぱりうんちが出てる。気持ち悪かったね。お尻をきれいに拭いて……。あっ、おむつがないわ。新しいおむつ持ってくるから、颯登、真央を見ててくれる？」

「いいよ、任せておいてよ」

真弥が真央のもとを離れた。

真央が寝返りをして、はいはいをして颯登にゆっくり近づいていく。
お尻には青い蒙古斑。
その模様が、能面に変わっていく……。
外から見ていた三九郎は、カァーカァーと鳴き叫ぶ。
真央が、三九郎を見て薄ら笑いを浮かべた。

著者プロフィール

幸田 英和（こうだ ひでかず）

愛知県出身、在住。昭和生まれの子年。
2023年作家デビュー。自身の体験をもとに小説にしてみました。小説になじみのない方にも読んでもらえるストーリーを書いていこうと思います。

Instagram

本文イラスト：彩桜（Asa）

イラストを通し、見えない“モノ”、言葉では言い表せない“ナニカ”をカタチにできる絵師を目指しています。

Instagram

パンデミックの夜明け

2023年11月15日　初版第１刷発行

著　者　幸田 英和
発行者　瓜谷 綱延
発行所　株式会社文芸社
〒160-0022　東京都新宿区新宿1－10－1
電話　03-5369-3060（代表）
03-5369-2299（販売）

印刷所　株式会社フクイン

ISBN978-4-286-24533-1